U0037479

無 尾 熊 繪 日 記

Koala's Diary

YUAMI
ゆあみ

コアラ絵日記

譯者　蔡承歡

開始繪日記

Title

July

7月

為梔子花澆水的無尾熊

想要早起所以早睡，
卻還是在同樣時間起床的無尾熊

打嗝打不停的無尾熊

小蜘蛛與無尾熊

心血來潮想運動，
走到超市就後悔了的無尾熊

冷氣與無尾熊

賭輸 50% 機率的無尾熊

徹底明白自己運動不足的無尾熊

喚醒童心的無尾熊

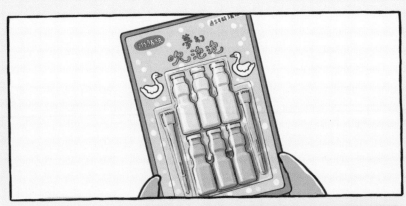

晾在房間的毛巾與無尾熊

熱水消毒

睡覺腳縮進被窩裡的無尾熊

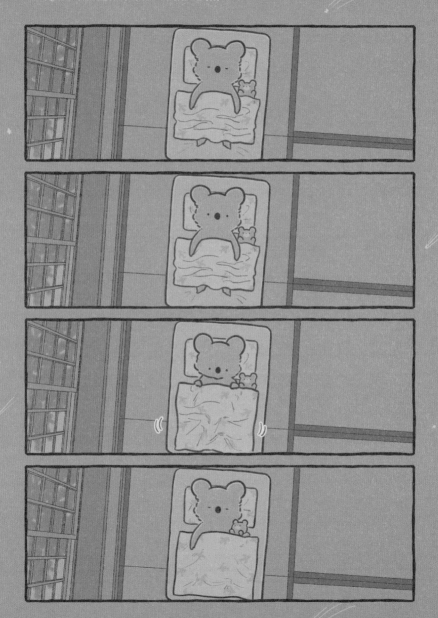

遇見熊熊

August

8月

充分享受假日的無尾熊

夏天的陽台與無尾熊 ②

叫聲奇怪的烏鴉與無尾熊

只有耳朵曬黑的無尾熊

忍耐癢癢的無尾熊

很在意身後的無尾熊

幽靈狗與無尾熊

Ghost of Broccoli

Title

September

9月

輸給大自然的無尾熊

打不贏蚊子的無尾熊

想著要去洗澡想了三個小時的無尾熊

好吃到一直端詳的無尾熊

黃豆粉荻餅

回憶童年生活的無尾熊

低氣壓與無尾熊

給自己摸摸頭的無尾熊 ②

幫熊熊梳毛的無尾熊

Title

October

10月

小小的秋天與無尾熊

風吹日曬的無尾熊

保暖肚子的無尾熊

面對堆積如山待洗衣物的無尾熊

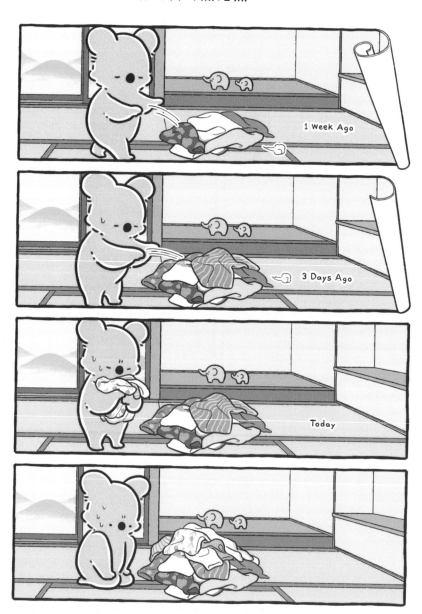

聽音樂讓自己振作的無尾熊

擠美乃滋擠得到處都是的無尾熊

想要早睡卻熬夜一整晚的無尾熊

睡不好隔天超累也只能認了的無尾熊

享受萬聖節的無尾熊

南瓜
Pumpkin

Title

November

11月

喜歡柿子的無尾熊

發現隔夜烤番薯有多美味的無尾熊

窗邊的貓與無尾熊

越來越難從被窩裡出來的無尾熊

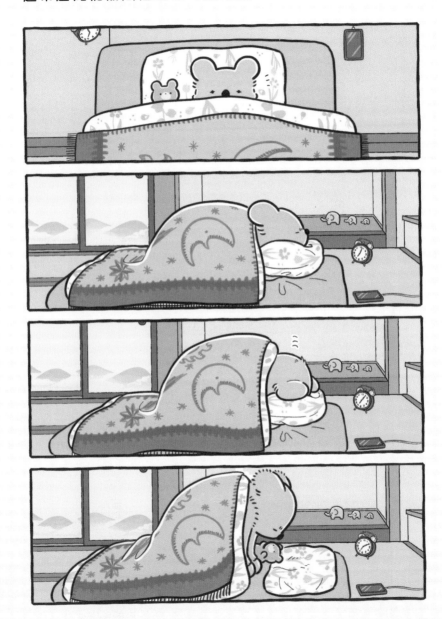

感受到白天變短的無尾熊

放棄挣扎的無尾熊

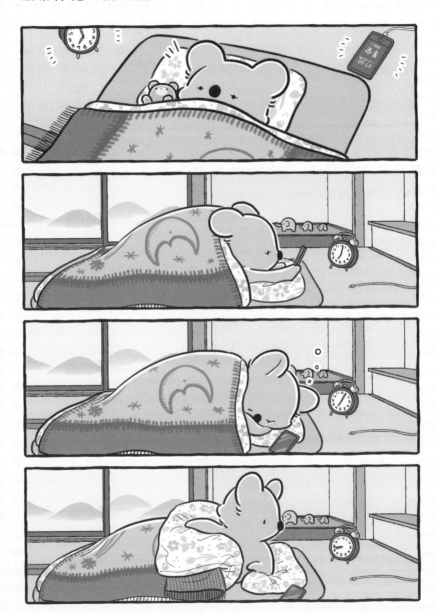

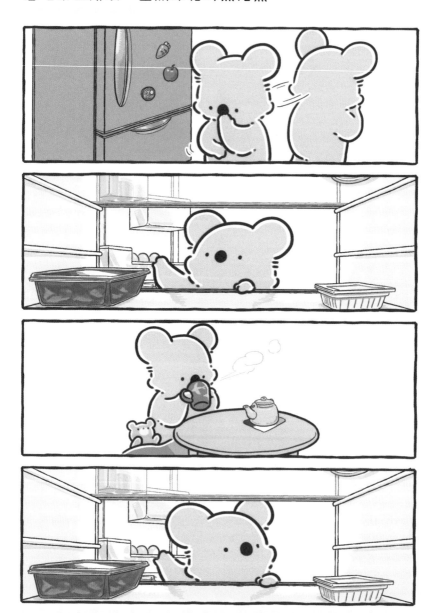

忍不住把明天的便當也吃掉的無尾熊

拿捏不好的無尾熊

沉溺閱讀的無尾熊

Title

December

12月

感受到季節更迭的無尾熊

烏鴉與餅乾與無尾熊

烏鴉與茶與無尾熊

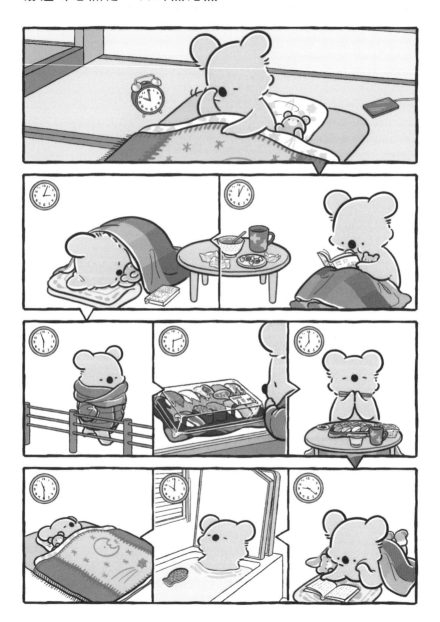

買不下手，
回家還在想的無尾熊

買禮物給自己的無尾熊

為一年收尾的無尾熊

toshikoshi soba
跨年蕎麥麵

... Many Japanese people eat soba noodles on New Year's Eve to pray for a long life.

新年快樂
Have a good New Year.

跨年那瞬間跳起來的無尾熊

Title

January

1月

慰勞吃飽飽肚子的無尾熊

黑豆
Kuromame

小魚乾
Tazukuri

昆布卷
Kobumaki

伊達卷
Datemaki

年糕紅豆湯
Oshiruko

雜煮
Ozouni

蜜柑
Mikan

在滑與不滑之間的無尾熊

蒸毛巾與無尾熊

毛巾手帕　Towel handkerchief

⚠ 小心燙手
Careful, it's hot!

挖到寶的無尾熊

變得清爽的無尾熊

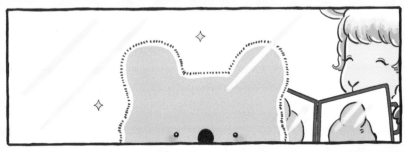

等不及的無尾熊

稍微躺一下就好的無尾熊

倒太多的無尾熊

得知充足睡眠時間的無尾熊

無尾熊的 ▼
左手和左腳

無尾熊 (袋熊・樹熊)
KOALA
全長60～83cm

夜行性動物，一天要睡或休息18～20小時

Koalas are nocturnal and spend at least 18 to 20 hours of the day sleeping or resting.

100

Title

February

2月

新買的襪子破了洞的無尾熊

補襪子的無尾熊

很累的時候就會開始打掃的無尾熊

拜見偶像新畫冊的無尾熊

在黑暗中舞動的無尾熊

招架不住直接睡在地上的無尾熊

March

3月

感受到春天造訪的無尾熊

插花裝飾的無尾熊

做乾燥花的無尾熊

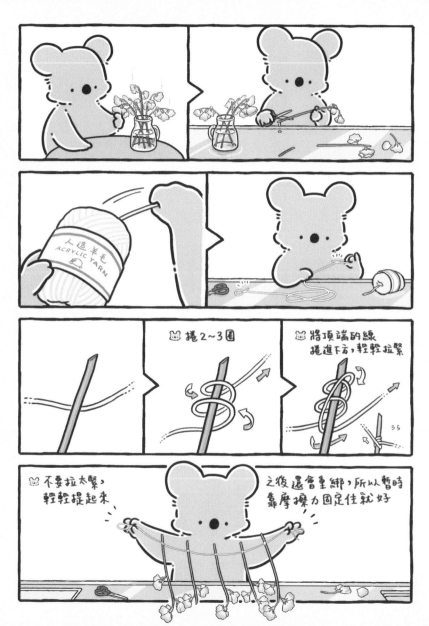

🐨捲2~3圈

🐨將頂端的線捲進下方,輕輕拉緊

🐨不要拉太緊,輕輕提起來

之後還會重綁,所以暫時靠摩擦力固定住就好

蒜味消不掉的無尾熊

兩種都吃了的無尾熊

靠偶像打起精神的無尾熊

悄悄祝賀的無尾熊

畫畫的無尾熊

國家圖書館出版品預行編目資料

無尾熊繪日記 / YUAMI 著；蔡承歡 譯. --初
版. --台北市：平裝本，2023.07
面；公分. --（平裝本叢書；第551種）
（散‧漫部落；30）
譯自：コアラ絵日記

ISBN 978-626-97354-2-6（平裝）

平裝本叢書第551種
散‧漫部落 30

無尾熊繪日記
コアラ絵日記

KOALA ENIKKI
©Yuami 2022
First published in Japan in 2022 by KADOKAWA
CORPORATION, Tokyo. Complex Chinese translation
rights arranged with KADOKAWA CORPORATION, Tokyo
through Haii AS International Co., Ltd.
Complex Chinese Characters © 2023 by Paperback
Publishing Company, Ltd.

作　　者—YUAMI（ゆあみ）
譯　　者—蔡承歡
發 行 人—平　雲
出版發行—平裝本出版有限公司
　　　　　台北市敦化北路120巷50號
　　　　　電話◎02-27168888
　　　　　郵撥帳號◎18999606號
　　　　　皇冠出版社(香港)有限公司
　　　　　香港銅鑼灣道180號百樂商業中心
　　　　　19字樓1903室
　　　　　電話◎2529-1778　傳真◎2527-0904
總 編 輯—許婷婷
責任編輯—蔡承歡
美術設計—嚴昱琳
行銷企劃—鄭雅方
著作完成日期—2022年
初版一刷日期—2023年7月

法律顧問—王惠光律師
有著作權‧翻印必究
如有破損或裝訂錯誤，請寄回本社更換
讀者服務傳真專線◎02-27150507
電腦編號◎510030
ISBN◎978-626-97354-2-6
Printed in Taiwan
本書定價◎新台幣380元/港幣127元

● 皇冠讀樂網：www.crown.com.tw
● 皇冠Facebook：www.facebook.com/crownbook
● 皇冠Instagram：www.instagram.com/crownbook1954
● 皇冠蝦皮商城：shopee.tw/crown_tw

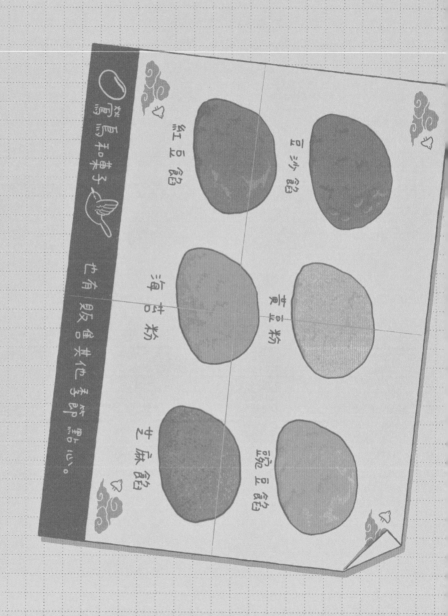